KB008690

아네모네

성동혁 지음

봄날의 시집

봄날의책

차례

형빈에게

할렐루야 이제는 이 말에 위로 받지 못하는 사람들의 시간

너는 아주 먼 곳으로 유학을 갔고

나는 그 이후 우표를 모으는 사람이 되었다

후미등이 떠오르는 저녁이었다

양복을 입고 사람들이 모였다 돌아갔다

네 동생은 교복을 입고

다리 위에 서 있던 날엔

구름을 채집하며 올라가는 네가 보이기도 했다

관제탑을 피해 잘 걸어가고 있구나

편지 대신 봉투 안 가득 우표를 넣어 보낸다

달이 아주 낮은 날

달이 교각 밑에 고인 날

강물에 쓸려 우리에게까지 잠깐 빛나던 달

그건 네 답장이 맞잖니

넌 아직도 많은 후미등을 끌어올리고 있구나

우표들이 진눈깨비처럼 떨어져

후미등에 달라붙는다

영영 떠오르지 않을 듯 브레이크를 밟고

갓길에 차를 세워 둔 사람들이 나온다

글피
다시 너에게

네가 올 때까지 뗏목을 가르고 있을 거야
더 이상 돌아가고 싶지 않아
뗏목을 모래 깊이 세워 놓고
다시 나무처럼
다시 나무처럼
치밀 때까지
잘게 가르고 있다
첫 배다
수평선 위로 돌아가
어떤 물을 마실지 궁리하는 일을 이젠 하고 싶지 않다
바닥이 잦아들고
지팡이가 발등을 짚고 간다
이름만 알아서 더 사랑할 수 있는 것들
별
달
꽃
검은 곳에서 빛나는 것들
그러나 검정 바깥에 서야 보이는 것들
먼발치에서도 누구나 사랑을 느끼고
포기할 수 있는 것
이별은 민주적일 수 없지만
모두에게 갔다가

돌아오는 수평
팽팽한 부메랑
부메랑 끝에 묻어오는
뚜렷한 소금

조향사

향수병을 던지고
며칠 내내 머스크향으로 분할되고 있다
줄자를 늘이며
연옥과
화훼단지의 거리를 가늠했다
플로럴폼에 미리 꽃을 꽂아 두었을 때
당신이 오지 않는다는 것 정도는 알고 있었다
슬픔에 기여한 것들과
슬픔을 자처한 것들의 거리를 가늠했다
가늠하는 일은
줄자를 늘이는 일처럼 간단하진 않지만
우린 그런 식의 기도를 줄곧 한 자들이고
그래서 용서는 더 난삽하게 이루어질 것이다
유전적인 죄와
후천적인 죄에 대해
끝끝내 물어야 할 때가 있다
그때도 내 쪽으로 얼굴을 돌리지 않을 자를 상상한다
당신 쪽으로 얼굴을 돌리지 않을 자를 상상한다
무엇도 나은 게 없어 더 이상 아프지 않던
머스크 머스크 머스크향으로 끝날 것 같은 위압적 겨울
이었다

seizure

많은 꽃들은 코발트에서 태어난다
자화상은 코발트에서 태어난다 어쩌면 우린
코발트의 턱선을 보고 있는 것일 수 있다
같은 사람인데
그릴 때마다 달라지는 이유를
붓을 닦으면서도 묻지 않았다
또렷했던 사람이 점점 몽매해지는 것을 코발트 탓으로
만 돌릴 수는 없다
흰 신발을 신으면 엄격한 산책을 한다
서두르지 않았던 것들이 빠르게 지나간다
숨이 찬 어떤 코발트는 성곽을 넘고
소택지를 넘고 있다
턱을 괸 천장이 물러났고
코발트처럼 그가 다녀갔다

까다로운 침묵

모든 슬픔 네게 남긴다 그러니 친구여
불편한 자들의 이름을 네 손가락으로
필사하여라
이건 네가 믿는 신을 거역하는 일이고
이건 내가 신을 더 이상 믿지 않게 된 계기에 관한 일
이다
그러니 나의 친구여 이 모든 것을 필사하여라
우리가 연옥에서 손을 놓아도
서로 이유를 알 수 있게 직접 하여라

홀로 검역에서 돌아왔구나
그런 말은 그런대로 참을 만하였다
그러나 내가 두려운 것은
나의 가방에 모르는 얼굴을 슬어 놓은 자
전혀 다른 얼굴을 선물하는 자
엉뚱한 얼굴로 번식하는 자

나 대신 나의 일을 용서하고
너 대신 너의 일을 용서하고
우리 대신 우리의 일을 용서하는 자
흩트리는 자
흩트리는 자
적어 두어라

사람들은 우리와 비슷한 보폭이 아니구나
다리를 벌리면
다리를 붙이고
다리를 오므리면
다리를 찢는
사람들이구나 우리는 그런 사람과 같은 사람이구나
사람이라 말하면 다 용서되고
사람이라 말하면 다 미워하는
사람이구나 우리는 그런 사람과 같은 사람이구나
보복하여라
너무 오래 참게 하여 미안하구나 벗이여

친구여 나는 다른 신전을 기웃거리고 있다
다른 것이 궁금한 지 오래되었단다
그렇지만 그것들이 나를 구원하리라고는 생각지 않는다
불결하다 신들은

*

끓어오르는 몸을 잠재우는 법은
면도를 멈추고
얼굴을 내려놓는 것
공을 안고 내리막을 걷는
노인은 꼭 우화의 인물 같다
아름다운 노인의 이름을 몇 안다

열려 있다 나는
거의 모든 것과 싸울 준비가 되어 있다
그들을 찌를 칼도 골라 두었다
칼을 쓰는 법도 배워 두었다
마지막에 혀 혀 혀를 자를 꽃가위도 상자 안에 두었다
문을 여는 자들의 혀를 화병에 꽂아 둘 다짐을 하였다
현관을 열고 잤다
무엇이 두려운가 나의 남성이여
불가역의 남성이여

*

아버지 아버지라고 부른다
초승달은 서풍에 밀려
미닫이문에 끼어 있네
서정!
서정!
서정이라고 부른다
서정!
서정!
서정이라고 부르는 아버지들은
인간의 목을 베러 떠났네
화염이 문에 끼어 있는 초승달을 밀쳤네
밀친 달이 튕겨 나가 형제의 눈알이 되었네
형제의 눈이 부풀었네
적란운에도 걸려 있었네 형제의 눈은 그런 것이었네
밀쳐지다 폭발하는 흑점이었네
화염
화염
두 번씩 반복되는 것들은 언제나
강렬하네
아버지여 아버지여

아열대의 꽃들은 살기가 있다
흑점을 뿜다가 사라진 형제여

아버지여 어디쯤 도착하였나이까
인간의 얼굴을 향해 창을 던지고 있습니까

무엇이 그렇게 두려운 게냐
누가 너를 찾아왔느냐
살고 싶은 것이냐

인간들에게
나의 아들이여
나의 아들이여
어리석은 짓 그만하여라 합니까
나의 아버지여
나의 아버지여
던질 창이 남아 있습니까

피뢰침을 뽑는 인간들이여
피뢰침을 올리는 인간들이여

불의 기둥을 그의 얼굴로 던지소서

아버지여 당신은 인간보다 큽니까

아들아 아들아
간단한 나의 아들이여
인간은 자주 티끌 같구나

아버지여 인간들은
선지자들의 무덤을 파헤치며
그들의 유골로 공기놀이를 하였습니다
어느 뼈가 그곳까지 닿겠습니까

*

석관을 감고 있는 나무입니까
포도송이가 열려 있습니까
이것은 당신의 손입니까
나의 손입니까
손을 펼 때마다 질문을 받습니다
나무가 아닙니다
하지만 손끝에서 과실이 자라고 있습니다
당신은 포도나무와 자손을 뒤바꾸었습니다
그렇다고 내가 적는 것마다 포도가 되겠습니까
어리석은 아버지여
포기하게끔 하는 아버지여

재주 많은 손

신기한 손

양서류의 손

기괴하고

끔찍하구나

손

손

손

손을 열었다가

닫았다가

뻗었다가

잘렸다가

자랐다가

여름이었다가

봄이었다가

손잡이와 엮여 있다가

잔이 깨지며 옆방까지 튀었다가

가옥 밖으로 튀었다가

가옥이 아버지의 얼굴까지 튀었다가

*

신자는 우연을 겪으며
목자는 우연을 엮으며
살고 있구나
왜 내가 믿지 않는 신에게
나의 복을 구하느냐
수도원 밖의 나무를 모조리 베는 자들을
더 이상 사랑하지 마여라
나는 멀어지고 있고
시위가 당겨지듯
팽창하고 있다
아버지가 나를 놓을 때
꽂힐 것이다
너와 반대의 영역으로 말이다
아무도 나를 주워 올 수 없을 것이다

양장

　모서리가 두려워 알프람을 씹는 건축가의 말은 아니다
그때 모서리와 눈 사이의 거리를 피스타치오
　라고 상정해 놓으면 불면에서 벗어났다는 건축가의 말
은 아니다
　기괴한 모서리를 벗어난 유일한 견과류로 부르면
　입안에서 모눈 안에서
　기복이 심한 평면은 사라지기도 했다는데 피스타치오
　알루미늄을 구긴 소리가 아니라 비의 날
　아카시아 나무가 곤충의 더듬이를 삼키는 소리가 아니
라
　집 바깥으로 대수학이 튀어 나가는 소리
　광대와 턱을 때릴 때가 있었다 샤워기가 발밑에 달려
있는 방에 사람들이 면회를 왔다 갔다 담녹색 볼 위로 이
불을 덮고 있었다 하지만 피스타치오는 수치도 전쟁도 일
으킨 적 없으니
　흰 방에 써 두어라
　건너편의 피스타치오여
　그리고 다음의 피스타치오여
　이곳에서 나가면
　이곳에서 나가면
　그 뒤의 서술어는 쓸 수 없었다
　이 방을 설계한 건축가의 말은 아니다

평생에 걸쳐 평면을 이해한 건축가의 말은 아니다
동맥 위에 세워진 신전은 없도록
분주한 철근들을 걸어 놓으며
피스타치오여 피스타치오여 하며
알프람을 씹는 건축가의 말은 아니다

이해

원수의 묘는 문화재가 되었다
그 묘 앞으로 이사를 왔다
가문의 원수라는데
선대는 복수를 너무 미뤘다 덕분에
나는 그 묘가 보이는 발코니에 서서
용서하지 못한 사람들의 얼굴을 생각한다
많은 시간이 지났네
오해란 말을 쓸 수 없게
많은 시간이 지났네
오해란 말은 쓸 수 없네
죽일 사람들의 얼굴이 자주 떠올랐나이다
순서대로
방식을 가지고 차근차근 떠올랐나이다
멀리 도망간 얼굴들 이불 안에서 기다릴 것
멀리 도망간 얼굴들 이불 안에서 기다릴 것
그러나 선조여
궁극엔 왜 날을 멎게 하였나이까
주기적으로 벌초를 하는 자들은
공무 수행 중인가 아니면
원수의 자손들인가
예초기 소리가 퍼지면
발코니에 서서 묘를 내려 본다

웃자란 이름들의 획을 하나씩 정리하면
비석처럼 차가운 얼굴을 할 수 있는가 아니면
모르는 한문처럼 넘어갈 수 있는가 어쩌면
잘 정돈된 문화재 주변으로 산책 갈 수 있는 일인가

작열감

커피에 생강을 넣고 끓인다
생강을 썰며 한 생각이
커피콩을 갈며 한 생각이
모두 태풍이 된 것은 아니다 하지만
분리수거를 하며 내가 안치될 고장을 생각한 건
염색약을 바르며 숲 사이사이 흰 영혼을 생각한 건
효도가 아니었다
선교사가 된 친구가 가끔 고국에 돌아오면
교인들은 고국을 덜 불행한 곳이라 생각했다
두 번째 서랍에 숨겨 둔 의심과 모멸감을
여권이 빼곡한 성직자들이 열어 볼까 두렵다
옷걸이 밑으로 머리를 늘어뜨린 목도리와
철제 통 안에서 빛나는 영구치는
평일에 드리는 십일조였다
태풍은 지붕을 추수하며 보폭을 넓힌다
나는 포장을 벗기지 않은 양과자를 씹는다
단단한 모자를 둘러쓰고
단단한 블레이저를 두르고
심벌즈가 부딪칠 때마다
깃을 여미며
인파를 빠져나가고 있다

명백한 건 커피와 생강과 태풍은 뜨거운 과일이라는 것
모든 명성은 어금니 사이에서 죽어 간다는 것

은박지를 씹으며

종려나무 가지를 흔들며
고개를 숙여야 하는 사람에 대하여
신이 준 우기에 대하여
인간이 끝내야 하는 우기에 대하여

어금니로 은박지를 씹으며
빛나는 것을 구겨 씹는
지독한 주조를 하는 사람들에 대하여

타일 위로 양치컵을 떨어뜨리는 실수에 대하여
관대한 실수에 대하여
많은 것을 깨뜨리며 빛나는 실수에 대하여

깊숙한 데생을 멀리하고
여백에 머무르는 비겁한 고독과
동지와 후세에 써 둔 유언장과
도망칠 때마다 불어나는 은빛 토르소에 관하여

당신이 잘 지냈으면 좋겠어요
영영 서로의 문밖에서

아네모네

나 할 수 있는 산책 당신과 모두 하였지요
사랑하는 이여 제라늄은 원소기호가 아니죠
꽃 몇 송이의 허리춤을 자른다고
화원이 늘 슬픔에 뒤덮여 있는 건 아니겠지만
안 잘리면 그냥 가자
꽃의 살생부를 뒤적이는 세심한 근육을
우린 플로리스트 플로리스트라고 하지요
꽃범의 꼬리 매발톱
모종의 식물들은 죽은 동물들이 기어코 다시 태어난 거
죠
거기 빗물에 장화를 씻는 사람아
가을의 산책은 늘 마지막 같아서
한 발자국에도 후드득
건조하고 낮은 짐승이 불시에 떨어지는 것 같죠
나의 구체적 애인이여
그래도 시월에 당신에게 읽어 준 꽃들의 꽃말은
내 편지 다름 아니죠
붉은 제라늄 내 엉망인 심장
포개어진 붉은 장화
아네모네 아네모네
나 지옥에서 빌려 온 묘목 아니죠

니겔라

뭐든지 울타리에 가둘 수 있는 목동을 알고 있다
별들이 재어 놓은 치수 안으로
남동풍과 연못 식욕
육중한 조상과 무성한 시인들을 가둘 수 있는 목동을
알고 있다
토르소나 광기
뿌리를 끊어 낸 천둥을 울타리 밖으로 흘려보내는
흘려보낼 수 없는 것들만 방생하려는 어린 목동을 알고
있다
울타리 사이로 삐져 나가는 안개를 모른 척하는 운반
자를 알고 있다
귀뚜라미가 득실거리는 창고나
무심코 변하는 구름 앞에서
바다를 되밟는
고독과 습관으로 사는 꽃 앞에선
달처럼 쪼그라드는 작은 성기를 가진 목동을 알고 있다
석양을 정면으로 반박하면서도 떠받는 분명한 거미줄
후퇴하는 암묵적 언덕
야만적 찬양과 여름
폭력적 자서전 그러니까 스스로 쓰지 않은 자서전
메마르고 민첩한 곡식
교활한 숭배자들이 떨구는

가끔은 우박이라 불리는 씨앗

호숫가 주변으로 몰려다니는 전염병

희끄무레한 호기심과 위대한 포도당

목적은 세심하고 결과는 엉뚱한 기도

횃대 위 붉은 손가락

예외 없는 기슭

다시 음악적 내리막길 구르며 찬송가를 부르는 숭배자
들

격렬한 현관문과 침대를 감싸는 값싼 리넨

아기 여우 숲으로 들이는 또 다른 포유동물

잘못 번역된 괄호 안 둥근 글자

사랑이라 부르기도 하는

고조되는 둥그런 숲 앞에서

놀라운 마당을 상상하는 목동을 알고 있다

톱을 자르고 싶어 했다

그러나 톱이 목동을 가를 것이다

맨살로는 톱을 자를 수 없다

여린 것들의 분노는 슬픔과 같은 말

망치가 물러지고 사슬을 젖게 하는 일을

어찌 어린 목동 홀로 하였을까

골몰하는 애인이여

나는 스스로를 목동이라 부르고 있다

가두고

사랑하고 있다

율법처럼 울타리를 펼치고 모든 슬픔을 서쪽으로 서쪽
으로 몰고 있다

불안해하는 사물들을 껴안는 일뿐이면서도

울타리 밖의 것들을 또렷하게 증오하면서도
스스로를 목동이라 부르고 있다 자격 없음에도
어린 목동이라 부르고 있다 무례하게 고꾸라지면서도
스스로를 어린 목동이라 부르고 있다 여전히
별이 거꾸로인 밤들은 모두 목동의 것들이다 니껠라
당신의 화병은 왜 이리 큰 울타리인가

더미

백미러엔 종종 당신 얼굴 비친다
더 비참할 게 남은 사람처럼
아무리 운다고 하여도 아무리 주저앉는다 해도
땅과 하늘을 다시 꿰맬 순 없다
그건 나의 소관이 아니다 그러나
새벽의 빈 횡단보도를 지날 땐
신호 대신
더 많은 것들이 보인다
농원을 지나가는 전신주
나는 그 정도로 가고 있다
우연을 믿는 사람 옆엔
우연을 오래 만든 사람이 있다
우린 꼭 부딪치기 위해 길로 나왔는지 모르겠다
느닷없이 부딪치다 느닷없이 사라지기 위해
동선이 겹치는 것들은 어딘가에서 한번 솟구친다
뿔처럼 솟아나 있는 겨울나무와
불편한 응접실의 두 무릎
그런 볼품없는 슬픔엔 휩싸이지 마요

연못

측우기 옆에서 울던 사람은 나였다

키 큰 구름 밑 측우기는 나의 것인데

당신에게까지 내가 넘쳤다

오피스텔 입구에 누가 버린 꽃바구니가 있었다

난 꽃 이름을 모두 알던 사람인데

이제 그것들을 꽃이라고만 부른다

당신이 기어코 두고 간 우산을 보고 있었다

밀레니엄

포승줄에 묶인
도랑을
낙조라 부르며

크레인이 올라가고 있다 매일

새 머리가 매달려 있다

목에 꽂혀 있던 바늘을 뽑을 때

폐가 고철과 가까워지던 걸 굳이 여기에서 이야기할 필
요는 없겠지만

크레인은 매일
새 머리를 올렸다

나를 노려보는 도랑 밑을 지나

다다르는 일은 애써야 하고
멀어지는 일은 수월할 때

아득해지겠구나

블로퍼를 신고
발꿈치를 끌고

겨우 두 번째 밀레니엄
겨우 누가 살았고

Дудкино*

챙이 큰 모자 안엔 히스나무나 여호와의 오른손 정도만
숨겨 둘 수 있겠지만
황혼은 가죽을 벗겨 낸 양떼처럼 온통 붉겠지만
계절은 네 개의 거트현**만으로도 수북하게 흔들리겠
지만
불기둥은 굴뚝 속에서도 거침없이 등을 펴겠지만
산맥에서 호흡기로 적혈구 안으로 잘도 옮겨 다니겠지
만
두드끼노 두드끼노 그러니까 그곳은
태연하게 죽어 가는 안개처럼
태연하게 죽어 가는 안개처럼
흠 없는 제물처럼
지상을 통째로 화장하는 거대한 정원사처럼
살을 태우며 걸어가는 가을처럼
모스끄바의 끝에 있다
나는 종종 그곳이 영하의 천국이라 믿는다
춥고
미세한
직립으로 천국까지 걸어가기 시작하는 저 하얀 등이
굴뚝을 넘어 제사장을 짚고 궁창까지 튀어 오를 때
가죽이 벗겨진 히스나무와
새끼 양들은

정갈하고 가늘게
신의 손바닥에 누워 있겠지만
두드끼노 두드끼노
태연하게 죽어 가는 안개처럼
물병에 넣어 둔 천사의 고막처럼
듣지 않고서도 먹먹하게 울어 보겠지만

* 모스끄바의 끝. 붉은 첼로의 고장.
** 새끼 양 창자로 만든 현.

성찬식

아이스크림을 엎지른 게 너라면
철봉 위 친구들의 발을 허우적거리게 한 게 너라면
바구니와 별세계 사이에서
자두를 옮기고 있는 게 너라면
미리 신발끈을 묶고 있지는 말렴
저무는 가방 속에서 가정통신문을 빼 간 게 너라면
매일 아침 궁창까지 이어달리기를 하는 아이가 너라면
이제는 교실 밖에서
아무도 세우지 않은 벌을 서지는 말렴
담장에 매달려 목화를 뱉는 아이야
겨울은 네가 숨을 뱉는 만큼이겠지 금방이겠지
눈사람은 태어난 날에 가장 용감한 거겠지
의젓한 몽우리처럼 담장 밑에서 등을 말고 있는 건
엄마일까 누가 버려 놓은 타이어 같은 걸까
접시마다 수저를 올려놓고 도망가는 아이가 너라면
세면대 위에 흰 거품을 뱉고 사라진 아이가 너라면
출석을 부를 때 창밖에서 소리치는 게 너라면
더 크게 대답하렴
옆 반의 천사
얼떨결에 서랍 안으로 날개 넣을 수 있게

노을은 딸기를 으깨 놓은 것 같고

소매 가득 딸기 타르트가 묻은지도 모르고 먹다가
집에 와서 알았어 소매가 딱딱하고 향기로워
빨래통에 셔츠를 넣기 전 네가 웃던 모습이 생각나서
얼룩이 든 채로 두었어
이월의 노을은 네가 으깨 놓은 딸기 같다
지나치게 슬픈 일들이 있었지만
개중에 계획하지 않은 기쁨도 있었어
누군 햇볕이라 부르고 누군 함박눈 함박눈이라 불렀지
만
나는 여전히 형민이라고 읽어
누구도 기뻐하지 않는 일을 기쁨으로 하는 자와
누군가 기뻐하는 일을 근심으로 하는 자는
친구가 될 수 있을까
우린 며칠 전 간신히
20세기를 넘어왔고
공룡탈을 나눠 쓰고 아득해지고 있는 것뿐이야
공룡탈을 쓴다고 무시무시해지는 게 아니라
공룡탈을 벗을 때 무시무시해질까 봐 두려워
너는 아직도 조퇴한 나의 걸상에 앉아 있구나
숙제를 도맡은 네가
이월의 과일처럼 느린 말을 하네 오늘은 사람들이
내 이름 대신 네 이름을 기억할 거야

러그를 털고 이불을 개고 베갯잇을 벗기며
어두운 빨래통에서 으깬 딸기 타르트가 퍼져 나오게

점묘화

우린 별의 혈육이 되기 위해 모였다

우리의 가문은 문턱을 넘는 중

새끼손가락에서 약지로 건너오고 있다

돗자리 위에서 서로의 조카가 되고 있다

우리의 가훈은 자주 부끄럽고 자주 귀여운 것

솔방울을 줍고 솔방울을 줍고

조상들의 젖니를 가보처럼 흔드는 것

부표에 걸터앉아 노란 점을 찍어 주는 것

자욱한 혈육이 되는 것

입속말

선연히
기왓장을 헤치며
왔구나 멀리도
탈곡기에
볏단을 먹이며
떨어지는 곡식들의 섬세한 소리를
많은 인구는 호우경보라 말했지만
베란다에 서 있는 내게
소리를 지르는 사람도 있었지만
커튼이 젖는다고 창문을 닫으라 했지만
신이 내게 보낸 눈치를 깨달았지
비슷한 코트를 입고 있는 마네킹을 만나면
쑥스럽고 다행이었다 저 중 하나는
같은 비극을 섬기는 중이겠구나
녹음기를 누르고 서재가 잠길 때까지
들었다 비가 지나치게 지나치게
들었다

속죄양

팬티를 벗고 체중계에 올라가는 새벽입니다
그림자도 체중계 밖에서 기다려야 하는 새벽입니다
커다란 제사장이여
커다란 예언자여
이번 삶은 천국 가는 길 겪는 긴 멀미인가요
나를 체중계 위로 떠민 아비와
체중계 뒤 발을 걸친 천사들 덕분에
이곳은 지그시 가라앉고 있습니다
커다란 제사장이여
커다란 예언자여
나는 이리도 우연히 죄와 평행해도 되는 것입니까
주먹 속 일몰과
망토 안에서 기우는 추와 함께
체중계 위에서 저물면 안 되는 일입니까
커다란 심판자여
커다란 심판자여
가볍게만 마시고 흩어지게 하소서

마호가니

실톱이 저녁을 가른다
허공엔 많은 살점 있어
가끔 네 나이테가 보이기도 한다
미안하다는 말은 다목적 용기 같구나
미안하다는 말은 발치한 짐승 같구나
석조는 붉게 짖구나
늘 마지막처럼 짖구나
너는 실톱의 한 손잡이를 잡고
신은 맞은편에 앉아
서로 미루다가 밀다가
나를 가를 것이다
나는 너의 자애로운 업적이 될 수 있을까
나는 내게 너무 많은 기회를 주었다

히아신스

1

네가 한 말이

지층 사이사이에서 빼낸

고대의 구름이라면

어느 과거엔 땅과 하늘이 뒤바뀌었다면

2

극진한 사람은 악이 오른다

더 불행하고

덜 불행할 일만 남았다는 네게

3

우린 서로를 지켜 주지 못할 거야

보호자는 어디 있냐는 사람에게

여기는 어디냐고 묻는 나에게

없는 사람에게

4

최선만으론 안 될 거야

보호자가 없는 밤은 우발적이고

사화산의 사면엔 안개가 성가대처럼 서 있다

나는 이 문장을 쓰기 위해 모스끄바에 왔다

테트라포드

쇠락하는 파도 바깥에서 네가 나오길 기다렸네
겨울 바다로 뛰어든 네가 나오길 기다렸네
참담한 행렬의 도입부로 꾸역꾸역 들어가는 너를 기다
렸네
겨우 촛대를 잠재우는 입술은
다행히 너까지 꺼뜨릴 순 없는 것이구나
참담한 시민을 자청하고야 말았구나
손도 등대도 아닌 성긴 도형이 있었네
쌓을 때마다 바다와 가까워지고
나와는 멀어지는 도형이었네
무엇도 두렵지 않은 네가 두려웠네
네가 우기를 뛰어넘을까 두려웠네
겨울 바다로 뛰어드는 네가 두려웠네
모래사장 바깥에서 네가 나오길 기다렸네
홀로 비를 맞다가 이 가족사가 끝날까 봐
가끔은 참담한 시민이 되었네

삭망월

이처럼 비가 맹금류처럼 떨어지면
이처럼 비가 맹금류처럼 숲의 폐를 부러뜨리면
모든 생물의 눈동자가 하현달처럼 반만 빛나면

나는 고체로 둘러싸인 액체인데
액체는 어찌 알고 맹금류처럼 살을 뜯는가
종종 액체는 고체보다 세서
나는 어찌할 수 없이 뚫렸다
그러나 종종 기체는 액체보다 강하여
나는 기도했다 성령은
기체일 것이다
작년엔 한번만 잡혀 달라고 기도했는데 그는 손잡아 주
지 않았다

이처럼 비가 맹금류처럼 떨어지면
이처럼 비가 맹금류처럼 숲의 폐를 부러뜨리면
숨이 하현달처럼 반만 오르면

기슭의 입구에 누군가 잠이 덜 깬 나를 묶어 놓고 갔다
손을 가라앉히고
흰 털을 끌어내버렸다
나는 비보다 빠른 적 없고

피를 맞으며
젖고 있었다 숲 대신
고체들을 쏟아 내기도 했다

변성기

지날 때가 있다 나무의 이름도
결국 처음 보는 사람의 이름을 외는 것 같아 묻기를 그
만두었지
이름을 알면 구체적으로 엉망일 때가 있으니까 그저 나
무 정도라고만 말하는 게
산책에선 필요하다
친구가 옥상으로 튀어 올라간 후
함부로 일몰이 아름답다고 말하지 않았다
몬스테라도 플라타너스도 그냥 나무라고 불러야 잠을
잘 수 있는 시기가 왔다
나무를 흔든 바람의 성대를 주워
첫 시집을 냈었다
유리 너머
해는 매일 내리는데
나만 지났구나
나만 지났구나
하다가
어색해서
나를 지나는구나
나를 지나는구나
했다

후천

인간으로부터 진화했다고 했다 그러나
인류로부터 진화한 일은 아니다

연무 그러니까 새벽은
숲에 들어가 잎담배를 말아 피우고

그곳으로부터 메아리
이렇게 되고 나서야 이해됐다는 말
너무 멀리 돌아온 말은
모르는 게 낫고

뛰어오는 사람이 다 신처럼 보일 때가 있었다
그러고 나니 넘어지려는 사람도 모두 신처럼 보였다

한 번의 종이 울릴 때마다
한 번씩 아득해지고 있다
몇 번의 종이 울려야
유전적 형질을 벗어날 수 있을까
천장을 본 건 아니다
침대 위에 친구의 걸상이 있다는 걸 알았을 뿐이었다

피가 멈추지 않던 날엔
발이 없는 것들이 무섭지 않았다
언젠가 또 이런 날이 올까
흐린 고양이가 지나갔다

솔리스트여 그랑 솔리스트여
썰물을 기다리는 솔리스트여
흐린 고양이처럼 발자국만 찍고 사라지는 솔리스트여

울창하게 끊긴 해안선
믿음을 가져라
만조 만조
반석 위에서 잠기던 교수여
무엇이 그리 자유로워 소리칩니까

신을 겪는 순간이 올 거야
신을 겪는 순간이 올 거야

할복한 땅거미와
양호실 사이를 왔다 갔다 하는 괘종 대신
앵두라도 떨어지면
엷게라도 지워 볼 텐데
이제 시간은 천장 밑으로도
결상 밑으로도 떨어지지 않네

희망 같은 걸 색종이처럼 접어 둘 수 있다면
여러 장을 한꺼번에 접는 날도 있었겠지만
세로토닌이 펄 위에서 저물면
포성이 울렸다 모든 공간이 펴졌다 포성 바깥으로
날아가는 동그란 점 같은 걸 인류는 죽음이라 부르네

여진이 오고 있다
꿈에서까지 나를 죽이러 오고 있네요

진열장에 넣어 둔 대기표를 셉니다
기다리다 돌아온 건 스스로만 아는 일이겠지만
불현듯 순번 속으로 사라진 수증기 같은 것도 있었다

인간은 인간을 돌이킬 수 없고
인간에겐 더 많은 인간이 필요했다는
유서를 열람한 적 있어요
그 인간은 인간으로 죽었나
인간이 아닌 모습으로 죽었는가 궁금했지만
알 수 없었다

증류수를 갈아 끼우며
펄의 구멍을 메우는 밀물이나
씻을 때마다 마르는 제물을 느낄 때도 있었다
눈사람은 그런 식으로 야위어 갔다
철새가 포수의 손안으로 쏠려 들어올 때
간증 속에 잠겨 있던 인간의 평안이 울렸다
포성보다 크게

네가 신을 겪는 순간이 올 거야
네가 신을 겪는 순간이 올 거야

잔을 헹구어 거꾸로 둔다고
기압이 낮아질 수는 없겠지만

금식과 악담을 견디며 쓴
세 문장으로 된 유서를 본다
어디까지 쫓아올까
달아나는 곳
그곳에서 딱 한 걸음 뒤에 그것들이 있나

돌아오지 않는 마니또여
돌아보지 않는 마니또여 나는 여전히
회전문 안에서 발을 맞추는 일이 어렵다

캐비닛

부여한 적 없는데
엉겹결에 받아버린
계시록이 있었다
펼치는 곳마다
표범 치타가 나오는 책이었는데
일어나면 온갖 점들이 몸에 쏟아졌다
졸피뎀 졸피뎀 반복적으로 어그러지는 포유류는 분명
화가 날수록 숨어 다니는 포유류는 분명
고양잇과가 아니다 화는 무거운 발
소리가 들리는 발
발톱을 채 넣지 않고 도망가는 이상한 발
일어나면 엉뚱한 옷이 찢어져 있고
현관이 찢어져 있었다
청동으로 만든 책에 대한 이야기가 아니다
녹슨 반점에 대한 이야기도 아니다
수건 속에 발톱을 숨긴 포유류의 이를 닦으며
캐비닛 안에서 잠이 든다 누구도 문 열지 않았는데
닫아 닫아 닫아 주시옵소서
잠 잠 잠들게 해 주시옵소서 했다
너무 쉽게 지옥에 다다르려 했던 연도가 있었다
신이 캐비닛을 열었을 때
주소 대신 이름을 또박또박 말했다

캐비닛은 충분히 넓었고
손톱이 잠시 반짝일 정도로만 밝았다

안경사

눈을 감으라 했다
어둠 속에서
생각보다 많은 것이 보이는 것은
죄 때문입니까
사람 때문입니까
눈을 감고도 틀리는 일은 그리 많지 않았습니다
순례가 시작되는 걸 알았다면
이런 차림으로 나오지는 않았을 겁니다
당신은 주로 겨울에 나를 찾아오네요
칠 년 만의 한파 바다가 얼었다
바다 위에도 발자국이 쌓였다
눈을 감고
어둠 속에서
습관처럼 외던
주기도문을 틀렸다

풍향계

천박해지고 있다 다리를 올리고 천천히 사랑에 빠지고
있다

장마는 철창을 뜯고 거실까지 들어온 손님이었다

죽음은 철창을 뜯고 침실까지 들어온 손님이었다

풍향계는 누구의 손으로 이리 세차게 흔들릴까

누가 바람에 바셀린을 발라 놓았을까 손을 놓아도 돌
아가는

한 방향으로 한 방향으로 도는 연못은 누가 파 놓은 걸
까

덕분에 천박해지고 있다 다리를 올리고 천천히 사랑에
빠지고 있다

배 위에서 애인은 죽음과 한 방향으로 움직였다

그는 나를 파란 수국이라 불렀다 나의 푸른 멍들을 해
변의 묘지*라 불렀다

옷을 벗고 하는 이야기는 자주 바뀐다며 산책을 하자고
도 했다

* P. Valéry, *Le Cimetiere Marin.*

멍

당신 둘러업고 뛰던 얼굴 내가 아니면 어떡하지
칼을 든 사내들이 모이는 꿈을 꿨다
고개를 숙이고 있었다
발만 보고 있었다
하지만 칼끝이 어디로 향하는지 알 수 있었다
실은 칼은 못 보고
칼 같은 발끝만 보고 있었다
우린 댐 위에 갇혀 있다
많은 요일을 엉망으로 두고
더 이상 지으면 안 되는 죄를 짓고도
얼어붙은 순진한 얼굴을 해야 했다
당신은 엉터리 약사나
안개 위에서 춤을 추는 무용수는 아니겠지만
꽃의 굵기와 바늘의 굵기를 함께 기억하는 사람이었네
마른 과실처럼 떨어지는 것
척박한 땅 위의 눈이 되고 입이 되는 것
나는 그저 지난밤 꿈
당신의 죄까지 몰아 받을 준비를 하고 있었다
낫지 않는 땅을 가진 것뿐이었다
잎을 닫고
타일 사이사이
신중하게 피를 흘려보낼 준비를 하고 있을 뿐이었다

몸 밖으로 나온 건 칼의 손잡이뿐이었다
깊이 업고 있었다
깊이 업혀 있었다
나 둘러업고 뛰던 얼굴 당신 아니면 어떡하지

플로럴폼

커튼에 감겨 죽은 달은
어느 날 사 온 꽃 같다
홰에 올라앉아
청진기를 대고
사랑해라고 말해 보라 했다

Маша

트램이 첫눈을 이고 광장으로 향했다
눈과 평행으로 달리는 택시 안에서 문장을 썼다
나는 이 문장을 쓰기 위해 모스끄바에 왔다
첫눈이 오면 첫눈이 오면
돌아온 서울에도
첫눈이 오면
만나자 시차를 맞추며
짐을 다시 제자리에 풀고
오백 루블짜리 마트료시카 앞에서
가을을 벗고 네가 나오길 바라며
이곳의 위도와 경도를 점성술처럼 외자
공항에서 헤어진 사람이
보호자처럼
캐리어를 세워 두고 한 인사였다
니뻐로 베어 낸 국경의 눈이
십일월에 도착하면
의자 밑의 발이
철사처럼 여물면
전기 없이는
흐르지도 않는 도시에서
모스끄바 동상들의 자세들을 연결하며
굳어 가지 않으려 무용을 했다

트램이 첫눈을 이고 가듯
얼굴이 벗겨진 오백 루블 목각 인형처럼

엔딩크레딧

무엇도 끝나지 않았지만
미리 고맙습니다
고마워서 기어코 여기 있습니다
올라가고 있습니다
다행히
육교만큼 높은 곳으로 올라가고
있습니다
황급히 자리에서 일어나는 사람
마지막 식사는 느긋한 것인 줄 알았는데
그게 우리의 마지막 끼니인 걸 알았더라면
과식은 하지 않았을 겁니다
이후 과식은 죄 같습니다
팔걸이가 있는 레스토랑은 이제 싫습니다
도로의 이름과 어떤 휴일
책상에 붙여 놓은 반창고
주차장에 들어와 우는 고양이에 대해
이야기하고 싶었습니다 단지
어디엔가 안녕이란 말을 써 놓고 가진 않았을까
우리의 이별은 세입자가 찾아낼 수도 있겠습니다
서울의 빌딩
옥상엔 왜 이리 많은 공원이 있습니까

엔딩크레딧처럼 쉬다가 사라지는 기후를 무엇이라 불
러야 할까요

영영 가지 않을 것처럼 산책을 했었는데

내려다보면 모두가 밤 같은 정수리로 걷습니다

유월의 모든 영광
누이에게

B2

낮에 뜬 별은
인공위성의 반사판일까
항공기의 등일까
누군가 은하를 오르다
발목이 접질린 순간일까
너희에게 필요한 건 하늘도
회개나 은혜도 아닐 텐데
하늘나라에 간다고
하늘에 나라가 있다고
관례와 무균실이 없는 곳이 있다고
말하던 시간이 있었다
많은 약속이 이곳에서 보류되었다

지하 일 층에서 사람을 맞던 사람이
한 층 더 내려가야 할 때가 있다
주차한 차를 빼서 건물을 빠져나가거나
욕창을 털고
오랫동안 배어버린 엄숙을 털어 내고
건물을 빠져나가야 할 때가 있다
너희는 머물러 있는데
신자들만 하늘을 보며 울 때가 있다
나무 대신 사람을 가르던 목수를 향해

소리를 지르며
땅을 힘차게 밟으며
너희 위에 있는 사람이었다

만우절

궁금한 것은 죄구나
전도사는 나를 지옥으로 보내고 싶어 안달인가 보다

격양하는 인간이여
양들의 머리통을 자른다고 어찌 죄 사라지는가
휘장 밖에서 기다리는 이여

불길한 꿈을 납득하고야 마는 인간이여
우린 영원히 갇혀 있구나
학설에 의해
스스로 정하지 않은 부모에 의해

예배당
순결하게 모여
죄인으로 흩어진다

그러나 몰아치는 거짓말 속에서도
인간으로 남은 인간이여

사랑의 하나님
사랑의 하나님

사랑도 두려움으로 하는 인간이여

고드름

당신은 인터폰을 누르고
바닥을 보고

엄두가 나지 않는 일은 풀지 않기로 했고
주인이 사라진 물건은 비닐로 싸 두었다

뚜껑이 열리지 않는 레몬청과
플라스틱 포크
마른 냅킨

성이 기억나지 않을 때
이름도 기억나지 않을 때가 올까

홀연히 사라지는 사람과
뭘 그렇게까지 안았을까

현관을 열며
바닥을 보고

브로치

황동 위에서 출렁이는 돛
직물을 뚫고 나온 것들의 기법은
사랑 아니다
바구니 안에 꽂힌 나를
식물 아닌 걸 알면서도
솎아 내지 않은 너에게
단정히 사선으로 자르던 너에게
바구니가 방이 될 때까지
살을 덧대었다
슬픔이 더 큰 분자가 될 때까지
소금 그릇을 열 때만 나는 예민해지고
그 손으로 점심을 망치고
머그를 깨뜨리고
옷걸이에 걸린 얼굴을 깨뜨렸다
직물을 뚫고 나온 것들의 기법은
사랑 아니다
미래
희망
이런 말들은 누가 꽂아 놓은 꽃꽂이인가
나는 왜 닻을 내리려 했을까
어깨너비만큼 머무를 수 있는 것처럼

거룩

욕조에 앉아 깃털을 뽑고 있다
꽃을 쪼던 새를 도저히 가만둘 수 없다

채워지는 욕조 안에
뒤엉킨 화원에
불을 놓을 것이다

갸륵해질 수 없다

아비여 용서치 마소서

예언대로라면
죽을 수 없어
용맹해지는 중이다

나무 위 부리를 다듬고 있는
짐승의 무수한 혈육을
맨몸으로 기다리고 있다

꽃은 아비의 눈알이었다

발만 남은 아비를 안는다

까마귀들이 달을 가린다

핑크피아노

저 노을 누가 버려둔 수술대인가
바늘을 갈아 끼우며
가끔은 사람을 갈아 끼우며
능선으로 네가 왔다
밀려나는 반역자처럼
밀려나다 밀려나다 뭍이 된 파도처럼
우린 그저 침착하게 밀려왔구나
괜찮냐고 물었지만
누구도 괜찮은 게 뭔지는 몰랐다
보호자란 말은 원죄 같아서
일렁이는 손목을 털며 가라앉는 사람들은 모두
예수 같았다 모두가 나 대신 죽으러 온 사람들 같았다
저물고 있었다 피복이 벗겨진 구름이
이마 위로 쏟아졌다 거즈를 감아도
자꾸자꾸 쏟아졌다 자꾸자꾸 괜찮냐고 물었다

양

나는 많은 것을 나를 위해서 했음에도
매번 마지막처럼 굴었다
첼로를 켜는 헌신적 눈동자를 상상한 적 있다
왜 손보다 눈을 먼저 상상했는지 모르겠지만
모스끄바에 와서야
첼로를 켤 때 눈동자 색이 변하는 사람이 있다는 말
믿었다 첼로와 네가 나란히 기울어질 때
플라스틱 의자와 내가 왜 함께 기울었는지 모르겠지만
밤은 모국처럼 사라졌네 모스끄바
첼로를 안고 앉으면
너보다도
커튼 뒤 탑보다도
가끔은 슬픔보다도 길구나 하지만
이제 겨우 한 악장이 끝났기에
어떤 풍경도 섣부르게 떠나지 않았다
운지법이 구름의 속도와 비슷해질 때
석양이 잠시 멈췄던 것을 보지 못했겠구나
모국어를 버린 눈을 보며
박수를 머금고
모스끄바 모스끄바를 되뇌며
네 약지가 거트현을 누를 때마다
양으로 태어나지 못한 걸 후회하고 있었다

억양

만나면
털이 빠지는 꿈을 꿨어 모조리 노여워
노여워할수록
할 수 있는 게 줄어들어
분노는 바위산에 피어오르는 불이고
태울 것이 없는데도 타느라 이윽고
이윽고 스스로 거대해져
어떤 분노는 아래로도 솟구쳐
다리 위에서 한강을 내려다볼 때
수면이 차가울 거란 생각을 할 순 없었어
움츠러든 발등을 봐 모든 유작이
명작처럼 보이던 시간이 지났으니 한 문장만큼 더 살자
그 시기엔 얼굴을 모르는 사람의 죽음은 전혀 슬프지
않았습니다
뒤늦게 천성을 알아 가는 걸까
가지 않는 지역이 생겼어
아름다운 부동산이었는데 꿈꾸던 부동산이었는데
털이 빠진 건지
화가 치밀어 털을 모두 뽑은 건지
불길은 솟는데 꿈이 멈추지 않네
어디에도 멈춰 있는 곳은 없네
이대로는 어디에도 들어갈 수 없을 거야

약음기를 끼우며
음력으로 생일을 헤아리는 자와
손가락을 접으며 미래를 점치는 자와
카드를 뒤집으며 불운을 만드는 자와
성서 사이에 주보를 끼워 놓는 자와
지켜보는 자와 지켜보는 자와 눈이 마주친 자와 노여워
노여워할수록 털이 빠지는 자와
활을 세워 두고 숨을 참는다
어설픈 인사는 끼어들지 않게

파종

습지에 지어버린 국립 건축과·엄격한 절기에 관하여·
양곡기가 옮겼던 곡식에 대하여·정박하지 못한 화물선에
대하여·언 씨앗을 옮겨 담은 도자기에 관하여·기계적으
로 사라지고 기계적으로 살아나는 시대를 만든 건·기계
가 아니므로·청진기를 발명하고도 고작·해가 넘어가는
소리를 듣지 못하는·이곳에선 다들 무언가를 찾지만·멈
추고 나서야 돌아가고 싶어 하지·시간은 얼음 틀에 부어
둔 물은 아니겠지만·뿌리지도 않았는데 움튼 幻日에 관
하여·깨진 도자기처럼 언 습지와·가라앉은 홍염과 기어
나오는 갈대에 관하여

천사는 지옥에 가다가
숨이 차서 돌아온
악마

난 네게 다시는 돌아오지 말란 말을 전하기 위해
또다시 양을 죽였다 답장 대신 한 걸음 더 디뎌라
양피지에 쓰고 있다
벗이여 이곳엔 돌아온 이들이 너무 많다
더 두려운 건
내가 어디를 가다가 멈추었는지 혹은
돌아오는 중인지
기억이 나지 않는다는 것
난 나의 걸음마가 기억나지 않는다

Ради того, чтобы написать это предложение,
я приехал в Москву.

Овца

Я жил для себя, возможно, только для себя

Но и этого было мало

Когда-то я представлял беззаветные глаза, смотрящие на виолончель

Я не понимал, по какой причине я начал думать о глазах

После того, как я побывал в Москве

Я убедился, что есть человек, у которого меняется цвет глаз, во время игры на виолончели

Я на пластиковом стуле параллельно плыл с тобою в ритме

Ночь исчезла, как и моя родная страна. Москва,

Я здесь, чтобы произнести это слово

Когда ты сидишь с ней, обнимая её

Чем ты,

Чем башни за шторами,

Даже чем грусти длина.

Только закончилась первая часть

Пейзажный фон не торопился исчезать

Аппликатура стала двигаться со скоростью облаков,

Ты не видела, как на мгновение замер закат

Смотря в глаза брошенного родного языка,

Отложил аплодировать тебе

Москва

Москва

Повторял это слово

Когда твой безымянный палец зажимал жильные струны

Как же я жалел о том, что не рождён овцой

발문

직립으로 천국까지 걸어가기 시작하는
저 하얀 등*

동혁은 '누나' 하지 않고 '누나아' 그러는 사람이죠. 동혁이 '누나아' 부르면 정말 좋은 사람이 되고 싶어져요. 말끝을 늘여 상대를 괜찮은 사람으로 살짝 들어 올리는 동혁을 나는 알고, 그렇게 알아요. 소크라테스는 아가톤의 저택에 초대받아 가는 길에 만난 아리스토데모스에게 이렇게 말해요. "아름다운 사람의 집을 방문하려면 방문자도 어느 정도 아름다워야 하지 않겠는가."** 나 역시 아름다워지려는 안간힘으로 동혁 곁에 닿으려 했다는 사실을 고백하지 않을 수 없어요. 지금부터 그 이야기를 하려고 해요.

발레와 모스끄바

두 번째 시집 제목은 '발레'가 될 거라고 언젠가 말한 적이 있어요. 원고를 받아 보고 첫 장에 적힌 제목이 다른 것이라서 마음에 걸렸죠. 처음 동혁이 발레를 배우겠다고 했을 때, 뭘 그렇게까지 하려는 걸까 속으로 생각했던 적이 있습니다. 누구나 그렇게까지 하면서 살지는 않으니까요. 누구나 발레를 배우지는 않잖아요. 하지만 "뛰어오는 사람이 다 신처럼 보일 때가 있었다"고 고백하는 사람이라면. "그러고 나니 넘어지려는

* 성동혁, 「Дудкино」.
** 플라톤, 『향연―사랑에 관하여』, 박희영 옮김, 문학과지성사, 2003, 42쪽.

사람도 모두 신처럼 보였다"(「후천」)라는 결론에 다다른 사람
이라면. 나는 발레의 기본자세를 연습 중인, 발끝으로 서 있는
동혁을 상상해야 했어요. '중력'을 부정하는 몸짓, '중력'을 벗
어나려는 몸짓으로서의 발레가 동혁을 통해 진행되는 어떤 순
간에 나를 위치시키는 연습을 해야 했어요. 그러다가 믿어버리
게 된 거죠. 발레의 완성을.

동혁이 모스끄바에 가겠다고 했을 때도, 나는 말리는 쪽이
었죠. 항상 차에 산소탱크를 싣고 다니는 동혁이, 한겨울에는
집 밖으로 나오기 힘든 동혁이 모스끄바라니. 동혁에게는 가지
말아야 할 이유가 너무도 많아서 일일이 열거할 필요도 없었어
요. 돌이켜 보니 동혁은 이미 첫 시집에 모스끄바를 언급하고
있었더군요.

꿈에선 자주 뛰어내렸다
하지만 발이 상한 건 차가버섯이 자라는
하얀 자작나무
식탁 밑엔 리넨처럼 창백한 아내
굳은 걸까 언 걸까
움직이지 않는 매일의 산책
신발 벗기가 무서웠어요 발가락 없이 발만 나올까 봐
누가 촛대에 달을 걸어 놓았습니까
딱딱한 입김의 굴뚝
촛대에 꽂아 둔 하얀 달
끓고 있는 보르시
귀에 솜을 넣고 현관을 나가는 아내
　　—「석회 / 그러니까 내가 원하는 건 얼지 않는 모스끄바」
　　　에서

동혁의 심장에 손을 대 본 적 없지만, "붉은 제라늄 내 엉망
인 심장"(「아네모네」)이라고 말하는 동혁을 나는 알고 있어

요. 심장에게 발은 멀어서, "신발 벗기가 무서웠어요"라고 말할 수밖에 없는, 발만큼이나 멀리 있는 모스끄바를 향해 동혁은 기어이 떠났죠. 육체를 가장 고통스러운 풍경 속에 위치시키고 나서야 영혼을 건질 수 있다고 믿었던 건가요. "겨울은 네가 숨을 뱉는 만큼이겠지 금방이겠지 / 눈사람은 태어난 날에 가장 용감한 거겠지"(「성찬식」). 동혁은 이렇게 말하는 사람이잖아요. 동혁이 겨울로 자신의 육체를 끌고 갈 수밖에 없었던 그해 가을을 떠올려 봅니다. 동혁이 떠나고 나서야 나는 문득 이해했어요. "무엇도 나은 게 없어 더 이상 아프지 않던" "위압적 겨울"(「조향사」)을 나던 사람이 동혁이라는 것을요. 모스끄바에 가면 안 되는 수많은 이유들 때문에 모스끄바에 가지 않을 수 없었다고요.

동혁의 육체는 발레를 진행하기엔 자주 경직됐고, 동혁은 경직되려는 육체를 이끌고 모스끄바로 떠났죠. 그리고 나는 알게 됩니다. 모스끄바에서 어떤 시간을 보냈는지 고스란히 증명해내는 시편들을 통해, 발레를 한 순간도 멈추지 않고 있었다는 걸. "모스끄바 동상들의 자세를 연결하며 / 굳어 가지 않으려 무용을 했다"(「Маша」)는 말을 지금에서야 곧이곧대로 믿어요.

모스끄바와 속죄양

'속죄양'이라는 말을 찾아봤어요. 속죄의 날에 두 마리의 양을 끌고 나온 최고 성직자는 양 한 마리를 신에게 희생으로 바치고 또 한 마리를 '속죄양(scapegoat)'으로 삼는다는군요. 성직자가 백성들이 저지른 죄를 '속죄양'감으로 정한 양의 머리 위에서 고백하게 되면 백성들의 죄를 모두 걸머진 두 번째 양은 속죄양이 되어 황야 속으로 도망치는 존재가 되는 거라고.

팬티를 벗고 체중계에 올라가는 새벽입니다

그림자도 체중계 밖에서 기다려야 하는 새벽입니다

커다란 제사장이여

커다란 예언자여

이번 삶은 천국 가는 길 겪는 긴 멀미인가요

나를 체중계 위로 떠민 아비와

체중계 뒤 발을 걸친 천사들 덕분에

이곳은 지그시 가라앉고 있습니다

커다란 제사장이여

커다란 예언자여

나는 이리도 우연히 죄와 평행해도 되는 것입니까

주먹 속 일몰과

망토 안에서 기우는 추와 함께

체중계 위에서 저물면 안 되는 일입니까

커다란 심판자여

커다란 심판자여

가볍게만 마시고 흩어지게 하소서

—「속죄양」

    어쩌다 나는 이렇게 가벼운 육체이며, 어쩌다 이렇게 어지러운 걸까요. 이건 우연에 불과할 텐데, 이미 속죄양이 되어 있는 건 그냥 기분 탓일까요. 최고 성직자여, 차라리 이럴 거면 그저 '흩어지게 하소서'. 아무리 해도 이렇게 읊조릴 수밖에 없는 동혁은 나한테 어려워요. 이런 이해는 안간힘으로는 안 되는 거더라고요. 그렇더라도 나는 「Дудкино」라는 시에서 가장 아름다운 '양'을 만났습니다. 동혁이 모스끄바에 가지 않았더라면 나는 아름다움이 뭔지 모르고 말았겠죠. 고백하는 김에 더 고백하자면 이 시 때문에 편지가 늦어진 셈이에요. "지상을 통째로 화장하는 거대한 정원사처럼 / 달을 태우며 걸어가는 가을처럼" "모스끄바의 끝"을 향해 멈추지 않고 이동하는 장면 속에 있고 싶었거든요. "물병에 넣어 둔 천사의 고막처럼" "듣지 않고서도 먹먹하게 울어" 본다는 게 뭔지 알고 싶었어요. 그리고 양은 두 번 더 등장합니다. 「양」이 먼저 나오고 시집의 마지막 페이지에 이르면 가볍게 흩어지는 양의 모습을 선연히 떠올리게 되는 「Овца」를 만나게 되죠. 마지막 페이지를 덮으며 알게 됐어요. 모스끄바에 도달한 동혁의 육체가 그 육체를 통과한 목소리를 통해 '중력'을 벗어나 아름답게 흩어지고 있다는 것을요.

아네모네와 니겔라

화원에 가면 예쁘고 귀한 꽃이 많다고, 꽃의 이름을 발음하는 것만으로도 행복해진다고, 시 써서 원고료 받으면 자신을 위해 꽃 한 송이를 사게 된다고. 언젠가 꽃에 대해 오래 말하고 있는 동혁을 바라보았던 적이 있어요. 동혁이 아름다움을 먼 곳에 두는 사람이 아니라 가까이 두고 겪는 사람이라는 걸 그때 알았죠. 내가 아름다운 태도를 몸에 지니고 싶다고 생각한 것도 그 무렵부터였습니다. "나는 이 꽃을 선물하기 위해 살고 있다"(「리시안셔스」)는 첫 시집의 고백은 동혁이 취할 수 있는 가장 아름다운 태도였을 겁니다.

그런 그가 언제부턴가 꽃을 사지 않는 사람이 되었다는 것도 알고 있어요. 꽃이 상하는 과정을 지켜보았을 테죠. 상하더라도 천천히 그러라고 줄기를 잘라 주기도 했겠죠. 상한 꽃을 내다버리는 행위를 반복하는 동안 자신도 알지 못하는 새에 상처 입고 있었을 거예요. 나는 늘 그게 마음에 걸렸어요. 동혁은 마음으로 느끼고 마음으로 내보내면 그만일 것들도 모두 몸으로 겪는 사람이라서, "나 지옥에서 빌려 온 묘목 아니죠". 기어이 이런 말을 하는 사람이라서.

나 할 수 있는 산책 당신과 모두 하였지요
사랑하는 이여 제라늄은 원소기호가 아니죠
꽃 몇 송이의 허리춤을 자른다고
화원이 늘 슬픔에 뒤덮여 있는 건 아니겠지만
안 잘리면 그냥 가자
꽃의 살생부를 뒤적이는 세심한 근육을
우린 플로리스트 플로리스트라고 하지요
꽃범의 꼬리 매발톱
모종의 식물들은 죽은 동물들이 기어코 다시 태어난 거죠
거기 빗물에 장화를 씻는 사람아
가을의 산책은 늘 마지막 같아서
한 발자국에도 후드득
건조하고 낮은 짐승이 불시에 떨어지는 것 같죠
나의 구체적 애인이여
그래도 시월에 당신에게 읽어 준 꽃들의 꽃말은
내 편지 다름 아니죠
붉은 제라늄 내 엉망인 심장
포개어진 붉은 장화
아네모네 아네모네
나 지옥에서 빌려 온 묘목 아니죠

—「아네모네」

그래서였을까요. 이번 시집에선 탁자 위 화병에서가 아니라
장화를 신고 나선 '가을' '산책'길에서 떠올린 꽃이더군요. 혹
은 '별'과 '남동풍'과 '식욕'의 분별이 따로 없는 신화적 세계
의 '목동'이 지키는 거대한 '화병'에 담긴 '꽃'이거나요. 이번
시집에서 장화를 신고 산책을 나선, 내친김에 광야로 내달리는
'목동'을 만날 수 있어 나는 좋았어요. 「니겔라」를 읽다가 내
가 아는 또 다른 동혁을 떠올릴 수 있었으니까요. "율법처럼
울타리를 펼치고 모든 슬픔을 서쪽으로 서쪽으로 몰고 있"는

이 주체를 말입니다. 생각해 보면 동혁만큼 재치 있게 농담하는 사람을 나는 알지 못하죠. 다른 사람들 앞에서는 그렇게 잘도 하는 농담을 나한테는 안 해서 속상하기도 했지만, 여럿이 만난 자리에서의 동혁은 유쾌한 사람이죠. 이 이상하게 웅장하고 아름다운 시, 「니겔라」에서 슬픔이 뭔지 알아 슬픔을 그냥 둘 수 없는, 마주 앉은 사람을 결국은 웃게 만드는 동혁을 떠올렸어요. 속죄양이 되어 황야를 떠도는 게 아니라, 언제고 울타리를 지키며 슬픔을 조율하는 목동으로서의 동혁을요.

보호자

　동혁은 몇 주째 병원에 있고, 나는 카페에서 도서관에서 몇 주째 그에게 쓰는 편지에 매달리고 있어요. 내가 편지를 완성하고 나면 언제나처럼 동혁이 먼 길을 찾아와 줄 거라고 믿으면서요. 내가 기어이 아름다워져야 하는 이유입니다. 나는 여태껏 동혁의 보호자인 적 없지만 보호자는 지금까지 동혁 옆에서 얼마나 자주 새우잠을 잤을까요. 동혁에게 보호자는 얼마나 오래였을까요. 동혁을 사랑하게 된 사람은 '보호자'였어요. 동혁이 사랑한 어떤 '극진한' 사람 역시 보호자였죠. "보호자란 말은 원죄 같아서 / 일렁이는 손목을 털며 가라앉는 사람들은 모두 / 예수 같았다 모두가 나 대신 죽으러 온 사람들 같았다"(「핑크 피아노」). 간이침대에 모로 누워 있는 보호자의 등을 바라볼 때의 심정을 동혁은 내게 말한 적 있어요. 동혁에게 사람을 사랑하는 일과 사랑을 받는 일은 조금 다른 것이라서, "우린 서로를 지켜 주지 못할 거야 // 보호자는 어디 있냐는 사람에게 // 여기는 어디냐고 묻는 나에게 // 없는 사람에게"(「히아신스」) 말할 수밖에 없으면서도 얼마나 매달리고 싶었을까요. 매달리고 싶은 마음이 크면 클수록 죄를 짓는 기분. 그래서 동혁은 더이상 고유명사를 부르지 않는 사람이 되어 갔다는 걸 알아요.

이름만 알아서 더 사랑할 수 있는 것들
별
달
꽃
검은 곳에서 빛나는 것들
그러나 검정 바깥에 서야 보이는 것들
먼발치에서도 누구나 사랑을 느끼고
포기할 수 있는 것

　　　　　　　　　—「글피 / 다시 너에게」에서

오피스텔 입구에 누가 버린 꽃바구니가 있었다
난 꽃 이름을 모두 알던 사람인데
이제 그것들을 꽃이라고만 부른다

　　　　　　　　　—「연못」에서

　나는 동혁이 나를 지켜 냈다고 생각해요. '여기로 좀 와 줘'
가 아니라, '누나아 내가 갈게'라고 동혁은 늘 말했습니다. 병
원에서 나와 좀 괜찮아지면 멀리서 차를 끌고 와 맛있는 커피
를 천천히 오래 마시다 갔지요. 동혁의 배려로 간신히 우리가
함께였다는 걸 알고 있어요.
　요즘 오로라를 키우고 있는데, 이름만큼이나 신비로운 모습
을 한 화초입니다. 이 편지를 다 쓰고 나면 오로라를 들고 동혁
에게 갈 거예요. 이번엔 내가 갈 겁니다.

　임승유

지은이 성동혁

1985년 서울에서 태어났다. 2011년《세계의 문학》신인상으로
등단했다. 시집으로 『6』이 있다.

아네모네

초판 1쇄 발행   2019년 9월 12일
초판 3쇄 발행   2023년 2월 22일

지은이   성동혁
번역   Мария Чой

발행인   박지홍
발행처   봄날의책
등록   제311-2012-000076호(2012년 12월 26일)
주소   서울 종로구 창덕궁4길 4-1, 401호
전화   070-4090-2193
전자우편   springdaysbook@gmail.com

기획·편집   박지홍
디자인   전용완
제작   인타임

ISBN 979-11-86372-70-8 03810

이 도서의 국립중앙도서관 출판시도서목록(CIP)은 서지정보유통지원
시스템 홈페이지(http://seoji.nl.go.kr)와 국가자료공동목록시스템
(http://www.nl.go.kr/kolisnet)에서 이용하실 수 있습니다(CIP제어번호:
CIP2019033317).

표지 그림은 김현정 작가의 〈파도(Waves)〉(charcoal on paper, 76.5×111.6cm, 2015)입니다.